정의웅 제5시집
시인의 꿈

국립중앙도서관 출판예정도서목록(CIP)

시인의 꿈 : 정의웅 제5시집 / 지은이 : 정의웅. -- 서울 : 한누리
미디어, 2018
    p. ;   cm

ISBN 978-89-7969-770-4 03810 : ₩10000

한국 현대시 [韓國現代詩]

811.7-KDC6
895.715-DDC23   CIP2018001596

정의웅 제5시집

시인의 꿈

한누리미디어

시인의 마음

한낮의 따사로운 햇빛도
중천에 떠서 밝은데
어느덧 세월은 물 흐르듯이 흘러
아무도 찾지 않는 고요한 이 밤
빛의 흐름이 독자들의 따사로운 마음에
스며들어 다시 한 번
영혼의 뜻과 마음을 그릴려고 합니다.
처녀시집《꿈으로 온 한 세상》
제2시집《사랑의 계절》
제3시집《모닥불》과 더불어
제4시집《물망초》를 뒤로하고
잊을 수 없는 아름다운 추억들을
부족하지만 제5시집《시인의 꿈》에 담아
올려드리게 되었습니다.
소중한 인연들께 진심으로 감사드리고
사랑하는 나의 혈육과
멀고먼 조상 부모님의 영전에
이 시집을 올려드리게 됨을 다시 한 번
깊이 감사드립니다.

차례

제 1 부
시인의 꿈

Contents

제 2 부
따뜻한 체온

차례

제3부
삶의 지혜로

Contents

차례

제 **5** 부
아름다운 나들이

Contents

제6부
신이 주신 선물

지고선의식(至高善意識)의 심층미학(深層美學)
표현미의 승화

― 정의웅 제5시집《시인의 꿈》의 시세계

홍 윤 기

日本東京센슈대학 대학원 국문학과 문학박사
日本京都릿쓰메이칸대학원 문학연구과 초빙교수
한국외국어대학 외국어연수평가원 교수 역임
국제뇌교육종합대학원대학교 국학과 석좌교수(현)

가장 선(善)한 마음을 시작품으로 승화시키는 시세계 형상화 작업처럼 어려운 일은 따로 없을 것 같다. 시성(詩聖) 괴테(Johann Wolfgang von Goethe, 1749~1832)는 세상을 하직하면서, "나에게 빛, 빛을 달라!"고 외쳤다. 바로 그 빛이란 어쩌면 한국의 정의웅 사백(詞伯)이 추구해 오고 있는 가장 아름다운 인간의 선의식(善意識)과도 같은 것이었을지도 모른다고 생각하여 보았다. 필자는 정의웅 시인의 모든 시편 하나하나에서 항상 흘러넘치고 있는 인간의 선의식을 절절하게 실감하며 감동받아 왔다. 시란 바로 그러한 인간의 지고(至高)한 순수 선의지의 결정체(結晶體)는 아니런가 싶다. 그러기에 바로 그것이 시인의 꿈이라 여겨보며 이번 시집을 거듭 읽어 보았다.

마음도 영혼도

우린 고요히

먼 곳을 바라보며

살아가네

포근한 하루를 위해

한순간도 쉬질 않고

바쁜 마음으로

순간도 멀고 먼 곳까지

보내고 나면

아쉬운 마음을

서로서로 나누고 나누면

우린 끝없는 여정을 바라보며

다소곳이 따뜻한 체온을

지키며 살아가고 있네

- 〈따뜻한 체온〉 전문

"마음도 영혼도/ 우린 고요히/ 먼 곳을 바라보며/ 살아가
네"라고 하는 오프닝 메시지는 가장 눈부신 인간 선의식(善意
識)의 승화다. 이 작품 전편(全篇)에 넘치는 지고선의식(至高善意
識)에서 지난 날 미국 시인 윌리엄 브레이크(William Blake, 1757
~1827)의 〈꽃〉이라는 시의 첫 구절이 떠올랐다.

"Merry merry sparrow/ Under leaves so green/ A happy
blossom." (즐겁고 즐거운 새야/ 진한 푸른 잎 밑에서/ 행복
한 꽃 하나를 보고 있단다.)

오늘의 각박한 세상에서는 인간의 가장 아름다운 선의식의

시인 윌리엄 브레이크도 셸리와 같은 사상적인 시인도 찾아보기 어려웠는데, 마침내 한국에서 '지고선의식'의 정의웅 시인을 만난 것이다. 그렇다. 詩는 그 어떠한 제약도 받지 않는 자유로운 존재라고 한다면 역(逆)으로 어떠한 시가 이 세상에서 쓰여진다 손치더라도 자유가 아니면 안 된다. 그러기에 한 편의 시는 우리에게 중요한 문제를 제기하기에 충분한 것이다.

"포근한 하루를 위해/ 한순간도 쉬질 않고/ 바쁜 마음으로/ 순간도 멀고 먼 곳까지/ 보내고 나면/ 아쉬운 마음을/ 서로서로 나누고 나누면/ 우린 끝없는 여정을 바라보며/ 다소곳이 따뜻한 체온을/ 지키며 살아가고 있네"에서, 유럽의 '이온(Aeon)'이라고 하는 외래어가 문득 떠올랐다. 그 뜻은 무한, 영겁, 영세, 영원 등등 다양한 의미를 표현하고 있다.

그런데 이온(Aeon)의 참다운 의미는 이 우주의 최고의 존재인 신격(神格)의 위상, 바꾸어 말해서 이 우주의 의미를 모두 체현(體現)하고 있는 지고(至高)의 신의 모습일 따름이다. 쉽게 말하자면 최고의 선은 신의 경지에 이르는 일이라고 보련다. 그러면서 다음 작품 〈밝게 빛나는 불꽃〉을 감상하기로 한다.

멀리서 바라보면
이글거리는 모습도
하얀 아지랑이와 같이
타오르는
쉼 없이 긴긴 날들을
따뜻함과 포근함으로

변하지 아니하는

웃음으로 세상을
반겨만 주고
가까이 가면 더더욱
짙은 미소로

그대의 뺨에 흐르는
눈물도 거두어 주는
활활 타오르는
사랑의 추억만 남기며
끝없는 미소를 짓는
밝고 밝은 불꽃이네

- 〈밝게 빛나는 불꽃〉 전문

〈밝게 빛나는 불꽃〉이란 "그대의 뺨에 흐르는/ 눈물도 거
두어 주는/ 활활 타오르는/ 사랑의 추억만 남기며/ 끝없는 미
소를 짓는/ 밝고 밝은 불꽃이네"라는 정의웅 시인. 이 작품
역시 지고선의식(至高善意識)의 심층미학(深層美學) 표현미(表現
美)의 승화(昇華)라고 지적하지 않을 수 없다.

앞에서 살핀 신격(神格)의 경지를 이 작품에서도 일관되게
맥맥하게 흐른다. 이를테면 오늘의 유럽 최고의 회화(繪畵) 세
계에서 말하는 Nonfigurative 그림 즉, 비구상회화(非具象繪畵)
라는 것을 떠올리게 하는 명품의 배경을 필자는 〈밝게 빛나
는 불꽃〉에서 공감하면서 정의웅 시인의 심층미학 표현미와

맞닥뜨리고 있는 것이다. 프랑스 비구상회화의 대표적인 포트리에(Fautrier Jean, 1898~1964), 뒤 뷔페(Dubuffet Jean, 1901~1985), 마튜(Mathieu Geroge, 1921~) 등이 외쳤던 앵포르멜(informel, 非定形)의 현대화처럼 정의웅 시인의 시세계는 참으로 회화적인 앵포르멜 그림 같은 이미지즘(Imagism) 시상(詩想) 속에 눈부시게 이미지화되고 있다.

그러면서 "멀리서 바라보면/ 이글거리는 모습도/ 하얀 아지랑이와 같이/ 타오르는/ 쉼 없이 긴긴 날들을/ 따뜻함과 포근함으로/ 변하지 아니하는// 웃음으로 세상을/ 반겨만 주고/ 가까이 가면 더더욱/ 짙은 미소로// 그대의 뺨에 흐르는/ 눈물도 거두어 주는/ 활활 타오르는/ 사랑의 추억만 남기며/ 끝없는 미소를 짓는/ 밝고 밝은 불꽃이네"라고 단숨에 심층(深層)에 담아버리게 된다. 이것은 다만 오늘의 한국시단에서만이 아니라 현대 시세계에서의 감동일 따름이라면 지나친 상찬일까.

따스한 봄이 오고
아름다운 꽃이
피고 지듯이
새들도 지저귀고
화창한 봄날이네

마음도 때론
비가 오고 구름이 끼고
모든 게 어렵게

지나가고 있네

어쩔 수 없이
숨이 찰 것 같은
힘이 들고
그리도 아름다운
지난날을 상상하며
이리도 어렵게
살아가고 있네

마지막 순간
어둠이 그대 창가에
스민 날도
주어진 하나의 이상은
절대 놓치지 말고
삶이란 하나의 이상으로
살아갈 뿐이네

– 〈삶은 하나의 이상으로〉 전문

　가슴 속에서 떠오르는 시상(詩想)을 가장 알아듣기 좋은 세련된 한국어로 노래한 시인하면 소월(素月) 김정식을 떠올리게 된다. 그 당시 소월이 순수한 리리시즘 바탕에서 한국어의 미학을 제시했다면, 오늘의 21세기 정의웅은 그 나름대로의 새로운 현대 한국의 리리시즘 바탕에서 생활의 미학을 캐내는 작업을 하고 있지 않은가 싶다. "마음도 때론/ 비가 오고 구름이 끼고/ 모든 게 어렵게/ 지나가고 있네// 어쩔 수 없이/ 숨이 찰 것 같은/ 힘이 들고/ 그리도 아름다운/ 지난날을 상상하며/ 이리도 어렵게/ 살아가고 있네// 마지막 순간/ 어둠이 그대 창가에/ 스민 날도/ 주어진 하나의 이상은/ 절대 놓치지 말고/ 삶이란 하나의 이상으로/ 살아갈 뿐이네"를 대하며 고대 그리스의 명인 이솝 우화(Αισώπου Μύθοι/그, Aesop's Fables/영) 혹은 아이소피카(Aesopica)라는 명언의 세계마저 연상해 보았다. 이솝은 워낙 지식이 풍부하고 말재주가 뛰어나서 그리스 각지를 유람하면서 우화를 퍼뜨리는 훌륭한 인물이 되었다고 알려진다.

필자는 여기서 정의웅 시인에게 '현대 삶의 지혜의 시인'이라고 칭송하여 주고 싶어진다. 정의웅은 누구에게나 가장 알아듣기 쉽고 설득력 있는 시어구사(詩語驅使)로써 삶의 참다운 이정표를 간명하게 제시하여 주고 있는 최초의 한국 시인이기 때문이다.

하루하루 바쁘게
삶을 살아가고 있네
그 누구든
해야 할 일을
항상 기억하고
할려고 애쓰는 마음
다들 기억했었지만
때론 무기력하고
마음을 비울 때가 있네

그러나
정작 해야 할 일
반드시 이루어야 할 일
이 모든 걸
미루지 말자
하루를 보람 있게

– 〈하루를 보람 있게〉 전문

"하루하루 바쁘게/ 삶을 살아가고 있네"라고 정의웅 시인
은 전제하면서, "그 누구든/ 해야 할 일을/ 항상 기억하고/ 할
려고 애쓰는 마음/ 다들 기억했었지만/ 때론 무기력하고/ 마
음을 비울 때가 있네/ 그러나/ 정작 해야 할 일/ 반드시 이루
어야 할 일/ 이 모든 걸/ 미루지 말자/ 하루를 보람 있게"라는
삶의 미학을 강조한다.

　여기서 일찍이 조형 예술의 지도자로 저명했던 미국의 모
홀리 나지(Moholy Nagy, 1885~1946)를 떠올리게 된다. 모홀리
나지는 아름다움이라고 하는 '美'에 대하여 "그것은 단순,
명확, 견실한 것"이라고 강조하여 20세기 현대인의 미의 개
념 정립에 공헌했다. 그렇다. 가장 아름답다고 하는 것은 단
순, 명확, 견실한 것이 아닐 수 없다. 우리는 흔히 겉만 번드
레한 것 즉, 허울만을 그럴싸하게 내세워 뽐내는 미의 가식을
배격하거니와 현대인의 詩의 미학도 정의웅 시인이 지향하
는 견실한 하루 하루의 삶의 질서 정립에 있지 않은가라 여기
고 있기 때문이다.

　일찍이 일일삼성(一日三省)이라는 말도 있거니와 하루를 보

람 있게 산다는 것이야말로 오늘의 무질서하고 타락된 사회 현실을 우리들 스스로가 개선하는 참다운 행보가 되리라고 보기 때문이다. 아름다운 것이 최고의 언어로서의 詩라고 한다면 정의웅 시인의 "정작 해야 할 일/ 반드시 이루어야 할 일/ 이 모든 걸/ 미루지 말자/ 하루를 보람 있게"라는 충언(忠言)이 곧 오늘의 우리들 시인의 시행로(詩行路)라고 다짐해 본다.

> 모든 걸 담아보아도
> 담고 담아도
> 마음에 머물 수 없네
> 나 스스로
> 먼 길을 떠난다고
> 상상을 해도
> 어디로 가야 할지
> 이정표도 그리지 못하고
> 마음만은 분명 떠난다고
> 상상을 하고 그려보아도
> 마음에 흡족한
> 앞날을 그릴 수 없는
> 나는 깊은 상상 속에
> 방황하고 주저하고
> 다시 일어나
> 시(詩)를 쓴다고
> 마음은 먹고 있지만

아무리 보아도
만족할 수 없는
꿈속을 헤매이다가
이제 깊은 잠에서
깨어났네
마음도 영혼도
이젠 조용하리라
시인의 꿈이었나 보네

– 〈시인의 꿈〉 전문

　이번 제5시집의 표제가 〈시인의 꿈〉이다. 오늘의 혼탁한 세상에서도 시인들은 가난하지만 정직하고 성실하게 살아가며 시를 쓰고 있다고 보련다. 일찍이 어떤 시인은 "시인은 꿈을 먹고 산다"고 했다. 꿈을 먹고 산다는 것은 무엇인가. 정의웅 시인은 "마음에 흡족한/ 앞날을 그릴 수 없는/ 나는 깊은 상상 속에/ 방황하고 주저하고/ 다시 일어나/ 시(詩)를 쓴다고/ 마음은 먹고 있지만/ 아무리 보아도/ 만족할 수 없는/ 꿈속을 헤매이다가/ 이제 깊은 잠에서/ 깨어났네/ 마음도 영혼도/ 이젠 조용하리라/ 시인의 꿈이었나 보네"라고 고백한다.

　이 작품에서 필자는 누구보다도 양심적인 정직한 삶을 지향하는 시인의 참다운 자세가 곧 시인의 꿈의 현장은 아니런가 상념해 본다. 여하간에 우리는 '꿈'을 해결해내야만 하겠다. 오스트리아의 정신과 의사이자 정신분석학파의 창시자 지그문트 프로이트(Sigmund Freud, 1856~1939)는 정신 병리를 치료하는 정신분석학적 임상 치료 방식으로써 환자와 정신분석자의 대화를 통하여 무의식과 억압의 방어 기제에 대한 이론을 창안한 것으로 유명하다. 무의식이 행동에 영향을 준다는 것을 대중화한 기구인 심리학의 정신분석학회의 창시자이다. 그는 최면과 최면이 어떻게 신경증 치료에 도움을 주는지에 관심을 갖게 된다. 그는 후에 '대화 치료'로써 지금 무엇이 알려져 있는가의 발전에 대해서 자유연상과 꿈의 해석을 지지하며 최면술을 포기한다. 이들은 정신분석학의 핵심 요소가 된다. 프로이트는 특히 그 당시에 히스테리라고 불렸던 것에 대해 관심을 가졌고 이는 지금 전환신드롬이라고 불리고 있다. 프로이트의 이론들과 환자에 대한 그의 치료는 19세기에 비엔나에서 논쟁이 되고 여전히 오늘날에도 뜨거운 논란이 되고 있다. 프로이트의 아이디어는 그것들을 과학적 의학적 논문으로서 계속 논의되는 것뿐만 아니라 문학, 철학, 일반 문화에서 종종 논의되고 분석되어 왔다.

그런 견지에서 한국의 저명한 한의사인 정의웅 시인은 "앞날을 그릴 수 없는/ 나는 깊은 상상 속에/ 방황하고 주저하고/ 다시 일어나/ 시(詩)를 쓴다고" 하는 꿈의 새로운 시적 제시로써 우리들을 새롭게 각성시키고 있다. 작품을 함께 거듭 읽으며 깊이 사고하여 보자.

나 자신보다
더 잘난 이를
스스로 느끼는
감성보다
타인이 느끼는

감성이 더 아름다울 수도
더 먼 곳을 보라
오늘 이 순간도
나보다 더 잘할 수 있는
그림을 그리고
더 잘할 수 있는
노래를 부르고
더 잘할 수 있는
먹이를 찾는
공중 나는 새를 보라
이곳보다
더 아름다운
낙원이 있을 것을
모두가 바라보는
더 멀고 더 먼 곳을
더 넓고 넓은 곳을
더 높고 높은 곳을
항상 바라보라

- 〈더 멀고 더 먼 곳을 바라보라〉 전문

"나 자신보다/ 더 잘난 이를/ 스스로 느끼는/ 감성보다/ 타인이 느끼는/ 감성이 더 아름다울 수도/ 더 먼 곳을 보라"고 우리들에게 충언하는 정의웅 시인. 그렇다. "오늘 이 순간도/ 나보다 더 잘할 수 있는/ 그림을 그리고/ 더 잘할 수 있는/ 노래를 부르고/ 더 잘할 수 있는/ 먹이를 찾는/ 공중 나는 새를 보라/ 이곳보다/ 더 아름다운/ 낙원이 있을 것을/ 모두가 바라보는/ 더 멀고 더 먼 곳을/ 더 넓고 넓은 곳을/ 더 높고 높은 곳을/ 항상 바라보라"고 다시금 고언한다.

여기서 고대 그리스의 소크라테스(Σωκράτης, 기원전 470경~기원전 399)도 연상된다. 고대 그리스의 철학자로서 멜레토스, 아니토스, 리콘 등에 의해 '신성모독죄'와 '청년들을 타락시킨 죄'로 기원전 399년에 71세의 나이로 사약을 마셔 사형을 당했다. 그러나 그는 "네 자신을 알라"고 고언하면서, 평생을 철학의 제 문제에 관한 토론으로 일관한 서양 철학의 이론을 내세운 위대한 인물로 평가되고 있다. 그러나 우리는 고대 서양으로부터 눈을 돌려 한국의 시인 정의웅의 슬기로운 시적 삶의 지혜를 터득해야 하겠다. "나보다 더 잘할 수 있는/ 그림을 그리고/ 더 잘할 수 있는/ 노래를 부르고/ 더 잘할 수 있는/ 먹이를 찾는/ 공중 나는 새를 보라"는 이 고마운 슬기의 시어(詩語)에서 우리는 희망찬 내일에의 길로 성큼 나서야 하겠다.

생명체는 스스로
창의적이고
완벽을 추구하면서
열심히 노력하고 있네

지난날도 뒤돌아보면
현재도 조그마하나
최선을 다해

모든 걸 이루려고
노력하고 있네

그러면서
면밀히 바라보면
무언가 빠진 것이 있고
보충해야만 할 것이
반드시 있을 수 있다네

완성을 위해
완성을 추구하는
영원한 미완성의
시작일 뿐이네

- 〈미완성의 시작일 뿐〉 전문

우리들 인간의 참다운 존재 의미는 무엇인가. 그리고 우리가 앞으로 추구해야 할 것은 또한 무엇인가. 정의웅 시인은 "지난날도 뒤돌아보면/ 현재도 조그마하나/ 최선을 다해/ 모든 걸 이루려고/ 노력하고 있네// 그러면서/ 면밀히 바라보면/ 무언가 빠진 것이 있고/ 보충해야만 할 것이/ 반드시 있을 수 있다네// 완성을 위해/ 완성을 추구하는/ 영원한 미완성의/ 시작일 뿐이네"라고 각성시켜 준다. 자아의 존재 파악 그것은 앞에서 살펴본 소크라테스 이래 수많은 인간의 역사의 몸부림 속에서 추구되어 온 인간 본연의 과제였다. 그러나 범인들이 쉽사리 접근할 수 없는 그들의 거창한 주장보다도 가장 실제적이고 실천하기 쉬운 방법론으로서의 정의웅 시인의 충언은 참다운 실천적 가치를 제시하고 있어서 뿌듯한 마음이 든다.

그렇다. 인간이 '나'를 알기 위해서는 인간 일반으로서의 '나'가 아닌 인간 개인으로서의 '나'를 파악하는 일이 가장 중요하다고 본다. "면밀히 바라보면/ 무언가 빠진 것이 있고/ 보충해야만 할 것이/ 반드시 있을 수 있다네"라는 이 시적 뉘앙스를 우리 저마다 가슴 깊이 간직하기로 하자. 바로 거기에서 '지고선의식(至高善意識)의 심층미학(深層美學) 표현미(表現美)가 승화(昇華)' 하고 있는 것이다.

넘고 넘어도

멀리 보고
우린 한 발짝 두 발짝
모두가 다가가고 있네
파아란 하늘
흐르는 물가
모든 걸 뒤로하고
새로운 미지의 먼 날을
숲속에 지저귀는 새도 울고
아름다운 꽃도
쉼 없이 흐르는 세월도
지나고 나면
다시 다가오는
가냘픈 마음도
또 다른 곳을 넘고 넘어도
산 너머 산이 있고
강 건너 강이 있네

아름다운 미래

바람이 분다 바람이 부네
훨훨 나는 날개도 없이
이 마음에서 저 마음으로
우린 걸어가네
바람은 하늘과 땅을 하늘 저 멀리
보이질 않는 님의 마음에도
바람은 불고 있네
어두운 곳과 밝은 곳
모두의 마음에
깊고 깊은 크나큰 마음을
날아가는 바람에 띄워 버리면
오늘도 내일도 영원하리라
보이질 않는 바람은 불고만 있네
아름다운 미래가

삶은 하나의 이상으로

따스한 봄이 오고
아름다운 꽃이
피고 지듯이
새들도 지저귀고
화창한 봄날이네

마음도 때론
비가 오고 구름이 끼고
모든 게 어렵게
지나가고 있네

어쩔 수 없이
숨이 찰 것 같은
힘이 들고
그리도 아름다운
지난날을 상상하며
이리도 어렵게
살아가고 있네

마지막 순간
어둠이 그대 창가에
스민 날도
주어진 하나의 이상은
절대 놓치지 말고
삶이란 하나의 이상으로
살아갈 뿐이네

시인의 꿈

모든 걸 담아보아도
담고 담아도
마음에 머물 수 없네
나 스스로
먼 길을 떠난다고
상상을 해도
어디로 가야 할지
이정표도 그리지 못하고
마음만은 분명 떠난다고
상상을 하고 그려보아도
마음에 흡족한
앞날을 그릴 수 없는
나는 깊은 상상 속에
방황하고 주저하고
다시 일어나
시(詩)를 쓴다고
마음은 먹고 있지만
아무리 보아도
만족할 수 없는
꿈속을 헤매이다가

이제 깊은 잠에서
깨어났네
마음도 영혼도
이젠 조용하리라
시인의 꿈이었나 보네

지진(地震)을 뚫고

잊을래야 잊을 수 없는
마음의 두려움
잠시 부서져 내리는
크고도 작은 것들
고스란히 앗아가 버리려는 것
우리는 함께 느꼈다네
마구 흔들리는 순간을
허나 우리는 다 함께
결코 사라지지 않는 것으로
우리는 다시 느꼈다네
어둠을 고스란히 몰고
잠들지 않는 삶을 뒤흔들어
영혼마저 앗아 가려는
검은 주먹을 모두가 뿌리치며
우리는 우뚝 일어섰다네
새로운 기다림 속에
아름다운 빛과 사랑스러운
눈빛으로 우린 영생하리라
신의 축복 속에 그대들 모두와 함께

미완성의 시작일 뿐

생명체는 스스로
창의적이고
완벽을 추구하면서
열심히 노력하고 있네

지난날도 뒤돌아보면
현재도 조그마하나
최선을 다해
모든 걸 이룰려고
노력하고 있네

그러면서
면밀히 바라보면
무언가 빠진 것이 있고
보충해야만 할 것이
반드시 있을 수 있다네

완성을 위해
완성을 추구하는
영원한 미완성의
시작일 뿐이네

더 멀고 더 먼 곳을 바라보라

나 자신보다
더 잘난 이를
스스로 느끼는
감성보다
타인이 느끼는
감성이 더 아름다울 수도
더 먼 곳을 보라
오늘 이 순간도
나보다 더 잘할 수 있는
그림을 그리고
더 잘할 수 있는
노래를 부르고
더 잘할 수 있는
먹이를 찾는
공중 나는 새를 보라
이곳보다
더 아름다운
낙원이 있을 것을
모두가 바라보는
더 멀고 더 먼 곳을

더 넓고 넓은 곳을
더 높고 높은 곳을
항상 바라보라

님과의 인연

꿈 희망 사랑을 주신
닳을 듯 닳을 듯 닳지 아니하고
떠날 듯 떠날 듯이 떠나지 않는
감미로운 마음을
그 누군들 잊을 수 있으리오
님과의 인연으로
잊을 수 없는 추억을
까마득한 먼 날에도
님의 창가에
휘영청 달이 밝았네

기적을 딛고 행복으로

아무도 알 수 없는
고요한 지름길에
우린 즐겁게 살아가네
알게 모르게 찾아온 어둠은
돌아갈 줄 모르는
어려운 불청객이
보이질 않는 망막 속에
스며들고 말았네
캄캄한 어둠 속으로
아련한 아름다운 기적은
우리에게 행운을 찾게 해 주었네
밝고 맑은 영혼 속에 애타게 기다리는
가이 없는 행운은 환희의 빛을
이젠 영원히 행복을
님과 함께 거닐게 되었네

마녀 사냥

거리를 달린다
수많은 사연 가운데
길 떠나지 못한 길 위엔
아무렇지 않게
오르고 내리지만
유심히 뒤를 돌아보는
행여 보이지 않는 마음에
상처를 심지나 않을까
떨어뜨리지 않게
하나하나 바라보며
순간도 먼 공간 위에
서로서로 나뒹굴며
알지 못하는 마음의 상처를
오가는 길손들과
나와의 인연으로
상처뿐인 거리를
순간도 쉼 없이
마녀사냥으로
거리를 누비고만 지나가네

님이 그리워

고요히 맞이하는
조용히 바라보는
어쩔 수 없는 앞날
기억조차 희미한
님을 기억할 뿐
마지막 미소로
밝게 고요하게
너무나 조용한
뒤척이는 기척도 없이
바라만 보고 있네
모든 걸 내려놓고
슬픔도 기쁨도
두려움도 없이
고요한 주위와
님이 그리워
불러도 대답 없는
영원한 꿈속으로
사라져만 가네

밝게 빛나는 불꽃

멀리서 바라보면
이글거리는 모습도
하얀 아지랑이와 같이
타오르는
쉼 없이 긴긴 날들을
따뜻함과 포근함으로
변하지 아니하는

웃음으로 세상을
반겨만 주고
가까이 가면 더더욱
짙은 미소로

그대의 뺨에 흐르는
눈물도 거두어 주는
활활 타오르는
사랑의 추억만 남기며
끝없는 미소를 짓는
밝고 밝은 불꽃이네

하루를 보람 있게

하루하루 바쁘게
삶을 살아가고 있네
그 누구든
해야 할 일을
항상 기억하고
할려고 애쓰는 마음
다들 기억했었지만
때론 무기력하고
마음을 비울 때가 있네
그러나
정작 해야 할 일
반드시 이루어야 할 일
이 모든 걸
미루지 말자
하루를 보람 있게

또 다른 삶을

잠시 허물어져 내린
순간도 긴 시간 속에
흐느껴 우는 영혼을
다시 잡으려는
마음의 기로에서
우린 서성일 틈새도 없이
다시 모든 걸
깨끗한 마음으로
일어나야만 살아가야 하네
쉴 틈바구니도 없이
우린 또 다른 삶을 위해
이렇게 웃고만 있네

망설임 속에

길고긴 날들도
사라져 가는
하루해도 잠시
주저하며
망설이는 마음도
어언 지나와 버렸네
장밋빛 아름다운 꽃
피었다가 사라져 가는
둥지 찾는 공중 나는 새도
생명체는 모두가 망설임 속에
서성이며 지나가네

알 수 없는 운명(運命)

나는 어려서 유년(幼年)의 숲을
하나하나 주어진 일에
나도 모르게 매달려
빛이 있고 어렴풋이
들리는 귓속에 속삭이듯
들려오는 이야기를
나를 아끼고 사랑하는 님은
나를 기다리다 지쳐서
눈을 뜨시고 저만큼 멀리
아주 멀리 고요히 떠나시고
어쩔 수 없이 나 홀로 걸어가게 되었네
가다가 만나는 아름다운 길손도
말도 건네지 못한 채 여기까지 왔네
모든 건 보이질 않는
신(神)이 주신 선물(膳物)을
한 아름 가슴에 안고
아무런 어려움 없이
여기까지 왔네
모든 건 지나고 나니
알 수 없는 운명(運命)인 것을

제 **2** 부

따뜻한 체온

존재하는 건 다 옳다

하나하나
그려가는 마음도
우린 느낀다
오늘 하루도
빠뜨리지 않는
고요히 흘러가는
멀고 먼 구름 속
스쳐 스쳐 지나가는
보이질 않는 영혼도
우린 느낀다
모두 존재하는 건
다 옳다

암울한 가을

저 푸른 들판도
어언 누우런 황금물결
가로수 잎도 소슬바람이
쉴 새 없이 가는 이 오는 이
마음을 매만지며
조용히 흔들리는
가지마다 아름다운 추억은
한 잎 두 잎 떨어져 날리고
멀고먼 창공엔 기러기 외로이 울어
너나없이 무정한
세월을 그리며 지나가네
또다시 돌아올
먼 날을 그리며
암울한 가을은 한 잎 두 잎
떨어져 새겨만 주네

따뜻한 체온

마음도 영혼도
우린 고요히
먼 곳을 바라보며
살아가네
포근한 하루를 위해
한 순간도 쉬질 않고
바쁜 마음으로
순간도 멀고 먼 곳까지
보내고 나면
아쉬운 마음을
서로서로 나누고 나누면
우린 끝없는 여정을 바라보며
다소곳이 따뜻한 체온을
지키며 살아가고 있네

빈손으로 왔다 빈손으로

조용한 곳 울면서
나도 모르게
이 빛과 어둠을 느끼며

모든 빛과 그림자를
아름답게 맞이하며 지나가지만
알게 모르게 많은 것을 주체할 수 없는
마음도 물질도 한 순간이네
서산에 노을이 지고

달이 뜨고 별이 반짝이는
모든 걸 남겨두고
빈손으로 왔다
빈손으로 가는 것을
신(神)은 알고 있겠네

뿌린 대로 거두리라

고요한 마음의 들녘에
홀로 서성이면서
무엇을 할까
선하고 착함을
더더욱 좋은 모자람이 없는
마음을 뿌릴까

뿌려도 뿌려도 보이지 않는
그러나 느끼는 이는
알고 있을 것이네
선함을 그리고
잡초가 많은 나쁨을
모든 건 뿌린 대로 거두리라
그대의 마음 속에 영원히

영혼의 사계절

먼 산 위에 아지랑이 아른거리는
물길 따라 흐르는 시간도
황금처럼 소중하네

모든 건 알아서 걸어가지만
정말 찾을 수 있는
미래는 아는 것이 힘이 되네

물질도 필요하지만
정말 올바르게 이룰 수 있는
진정 생활이네

모든 것 다 이루었다 하더라도
이상이 없는
건강이 행복이라네

어쩔 수 없는 기로에 서서

모든 건 지나가고
한여름의 뭉게구름처럼
아름다움을 더 넓은 미래는
수많은 밤하늘의 별처럼
반짝이고 있네

선택의 자유가 있는 만큼
선택의 어려움도
이 또한 번민이
순간을 스치고
하늘의 뜻이라
좌정은 하지만
짧은 빛이 번뜩이는
마음은 허공을 날아
또 다른 외길이
그를 기다리고 있네

떨어져 가는 꽃잎이
흐르는 물 위로
유유히 흘러

나와의 거리는 점점
멀어져만 가고 있네

이제 새로운 어둠 속에
샛별이 반짝이는
단 하나의 밝은 빛을
바라볼 수밖에
어쩔 수 없는 기로에 서서

나 영혼을 지키는 날

나를 의식하는 순간
신은 나에게
영혼과 육체를
고스란히 주었네

시간이 흐르고
세월이 지나가도
아무도 찾지 않는
마음을 허허벌판에
나의 영혼이
외로이 지나가도
온천지를 두루 살피는
구름이 되고 바람이 되어
멀리멀리 떠나가도
그 누구도 찾지 않는
나는 진정 스스로 느끼고
나 자신을 지니는 날부터
하늘 끝까지
영혼의 그림자와
내가 같이 가면서

나를 지니는 날은
미래도 과거도 없이
나 영혼을 지키라는 것이네

뒤돌아보며

비바람이 몰아치고
눈보라가 몰아쳐도
눈길을 따라 뒤뚱거리며
떠나갈 수밖에 없네

삶은 뒤돌아보며
지나온 날을 거울삼아
차분히 한 걸음 한 걸음
미래를 향해 걸을 수밖에 없네

쉼 없는 창살 속에
다람쥐 쳇바퀴를 돌 듯
하염없는 굴레를 굴리는
쉼 없이 잠시 잠깐
머뭇거리며 끝까지 내딛는

오늘도 먼 하늘에 밝은 빛이
한낮은 포근함도
아지랑이와 함께
밝음을 바라보며

마음 한껏
풍요로운 계절을 꿈꾸어 보네
뒤돌아보며

첫울음

세상에 태어남을 슬퍼하지 말라
애처롭게 마음을 지닌
아직은 여리디 여린 마음이라
알 수 없는 미지의 세계로
한 발짝 두 발짝 걸음마하는 것도
쉽지만은 않네
태어남의 기쁨도 잠시
넘어지고 또 일어나고 가다가 보면
거리끼는 앞날을
헤치며 지나가게 되네
그리도 아득한 날이라
부모일가 친지는 기뻐하지만은
모두가 다 그렇게
이 세상 빛을 보는 순간
눈물로 희미한 빛을 보게 되었다네
미물의 닭이 날개깃 헤치며
새벽녘 첫울음 울듯이

그 님 앞에서

눈빛과 마음을
잠시
시간이 지나도
헤어짐의 순간이
지날 즈음
바라보는 눈빛
주어지는 마음을
고스란히 간직한 채
무어라 말을 할까
망설이는 찰나
바람처럼 스쳐
지나가고 있는
잠시 할까 할까
망설이고 주저하며
지나가는 바람처럼
모든 건 따사로운
마음을 알고 있었네
고맙고 감사하단 말
마음에 안고 지나쳐 버렸네
그 님 앞에서

언어(言語)의 순례자(巡禮者)

내 가슴 속에서
잉태하고
나의 숲 속에서 태어났네

모든 시간과 공간을
초월해서
실오라기 하나하나
엮은 것처럼
미숙하고 어리지만
하나하나 엮은 날들은

순간의 날들은
미숙하고 어리지만
이제 한 가닥의
빛을 그리며
새 출발의 움직임을
예고하고 떠나가네

낯선 그림자를 따라 나선
서투른 걸음걸이로

홀로 서서
나의 모습을 눈여겨보시는
새로운 세계로
막 들어서려는 문턱에

나는 가슴 조이고
이미 떠나간
씨앗을 멀리서 바라만 보는
새로운 세상은
나를 책임지라고 갈구하지만

황량한 들판에
외로이 서서
눈물을 흘리며 간절히
진지한 마음으로
숱한 날들을 기도하는
한 순간 언어의 순례자일 뿐이네

스며드는 빛을 따라

차디찬 주변
파아란 하늘은
띄엄띄엄
구름이 지나가는
미세한 흐름이

이곳저곳 빛을 잃어버린
자욱마다 섬세한 마음이
황사 아닌 흑비(黑雨)가
행여나 지새울까

마음은 항상 두려움에서
지나가지만
아쉬움과
바른 자세와
밝고 곧은 마음은

모두의 그림자를 뒤로 하고
스며드는 빛을 따라
지나가고 있으니

그리움만
가슴 속 가득하게
남아 있으리라
바라고 바라보며
하루를 지새우네

하나의 규칙

밤을 지새우며
꿈속을 더듬는
모든 걸 하나하나 터득하고
느끼며 또 다른 이상을
우린 느끼네

길을 걷는 불청객처럼
오늘도 내일도
같은 시간을 빠짐없이
시간은 우릴 이끌고 가고 있네

어둡고 빛이 있고
구름이 해맑은 날도
항상 같은 일을 터득하는
배움의 길로

우린 보이지도 느끼지도 못하는
하루의 규칙 속에
머물며 지나가고
지나가면서 느끼리라
또 다른 규칙 속에
우린 끝없이 머물고만 지나가네

멀고 먼 그림자

아무도 느끼지 못하는
까마득한 멀고 먼 날
우린 있었네

상상할 수 없는
찾을 수조차
기억조차
사라져 버린

뜻하지 아니한
일들이 잠시
가장 가까이
마음에 저며들면

이것이 새로 뜨는
별이 아닌
멀고 먼 그림자였네

아름다운 마음을 지닌 영혼을 사랑하네

멀리서 들리는
꽃수레처럼
은방울 금방울이
울려 퍼지는

보일 듯 보일 듯
보이질 않는
귀하고 아름다운
영혼을 지닌

선하고
착한
영혼이 스민
티 하나 없는

순수한 별처럼
반짝이는
아름다운 마음을 지닌
영혼을 사랑하네
한도 끝도 없이

제 3 부
삶의 지혜로

서로의 만남이네

이 세상을
슬픔으로
눈물이 가시면
조용히
처음 보는
얼굴을
따사로이
밝은 미소로
바라보는 순간
모두는 즐거움으로
미소 짓는
슬픔은
바람처럼
사라지고
마주보는 얼굴
이 모두가
서로의 만남이네

후회 없는 일을

지나고 나면
잊을 수도 있고
떠나간 마음을
아쉽다고
느낄 수도 있네

그때 그 순간
서로가 서로를 반기듯
멀고 먼 마음을
깊이 깊이 그리고
또 뒤돌아보아도
지나간 그림자는
이젠 없을 것이네

그토록 소중한
지난날도 한순간
우리의 뇌리에서
살아질 수 있더라도
모든 건 후회는 하질 않네

이슬과 바람

산들바람 불고
깊은 산속
흐르는 계곡 속에
물이 흐른다고

아무것도
보이질 않는
어둡고 침침한
해는 서산에 기울고

밤이 되어도
지칠 줄 모르는
바람은
뒤따라간 빗물을
스치고

조용히 흐름이 지나
아무도 없는
허전한 풀잎에
나는 살포시

방울방울 맺혀서 앉았네

아마 이슬이런가
눈여겨보는 이가
지나가고 있네
바람이

쉼 없는 계단을 오르고만 있네

모든 이의
슬픔 기쁨 희망을
웃으며 함께
사랑으로 나누고
밝은 모습으로
조용히 뭇사람들의
쉼터 속에
잠시도 머물 수 없는
아쉬움의 손길
허구 많은 마음의 짐을
잠시나마 덜어주는
진정 자신은
이름 모를 짐 속에 짓눌려
순간도 보람 있는
하루를 위해
쉼 없는 계단을 오르고만 있네

꿈은 실착행위

미래에
그려지는
현실도
마음과 뜻대로
이루어지는
늘 느끼는 감성 속에
너나 할 것 없이
고스란히
그려질 수 있는
먼 이상과
잠시 잠깐 주변에
일어날 수 있는
일들이
느끼지 못하게
깊은 잠속에
아무도 모르게
나타나는 현상이
고스란히 그려지는
꿈은 하나의 실착행위로
나타나고 있네

내가 나이 들기 전에는

나는 아직 이르네
모든 걸 알 권리가 있다고
멀고 먼 곳을 가더라도
돌아오는 것을
누가 나를 기다릴까
걱정도 하질 않고
스스로 모든 걸 이루고
지나와 버렸네
내가 서성이고
세월이 나를 이끌고
여기까지 왔네
이제 모든 걸
뒤돌아보고
멀고 먼 곳도
가까이 다가오니
모든 걸 이루어 놓고
조용히 여유롭게
웃으면서
걸어서 또는 날아서
무거운 짐을 내려놓고

가고 있다고
신께 알리고
이젠 조용히
걸어가고 있다네

어리석음

아무도 나를
부르지는 않는다
모두가 지나가고
또 다가오더라도
다소곳이
들어주는 것처럼
아름다울 수는 없다고
듣지도 못하고
말을 하지도 못하는
어리석음 같은
환멸 속에서
우린 머물 수 없네
다시 일어서
그대와 같이
걸어가는 미래를
멀고 멀게
바라만 보는
어리석음이 있다고
나는 느끼고 있네

나의 고요한 투쟁

살아간다는 건
모든 것이
쉬울 수는 없네
아침에 밝은 햇살이
천둥이 치고
번개가 치는 날이
잠시도 변하지 않는
시간이 없듯이
나 스스로 쉬운 일도
어려운 일도
모두를 지키며
지나가는
잠시도 머물 수 없는
더 고요한 시간이
있을 수 있을까
나의 고요한 투쟁일 뿐이네

별들의 추억

수수만년 지구상에
수많은 생물은
느끼지 못하는 공간 속에
머물다가 사라지는
영겁(永劫)을 거듭하고
잠시 밤하늘에 머물다
사라지고 나타나는
별빛 달빛 햇빛은
어둠의 제왕으로
인간은 자연의 순리에
적응하면서
계절의 흐름에
살아가고 있다네

먼 하늘에
반짝이는 별들은
우리 모두가 가 버렸지만
찰나에 별똥별이
획을 그으며
사라지는 모습도

한 가닥의
별들의 추억으로
남아 있을 뿐이네

삶의 지혜로

자연의 섭리(攝理)로
이 세상에 빛을 보게 되고
주위의 도움으로
살아가게 되네

서로가 서로를
깊은 마음을
헤아릴 수 없지마는
서로 이해하고
모르는 것을
가르쳐 주기도 하고

새로운 삶의 터전을
마련하고 구상하고
이루어 가는 도중
뜻하지 않는 일로
잃어버릴 수 있고
최고의 경지에
도달할 수도 있네

하지만 모든 건 잃었어도
더 좋은 삶의 경험을
깨달을 수도 있고
거둘 수도 있는 것이네

조용히 숨을 죽이며
주어진 시간을 최선을 다해
새 삶을 위해 끝없이 노력하는
행운의 길을 찾아가는
삶의 지혜일 것이네

태양신일 뿐

노란 빛을 띤
몽우리가 사라져 버릴 때
온 마음 전부가
미약하나마 빛을 향해
바라보는 순간

어둡게 흐려진 시간들이
이별의 눈시울에
흐르는 눈물처럼
흘러내리고

알지 못하는 사이
자기의 존재가
없어졌다는
차디찬 상실감으로

무감각하고
자기 자신의 부정적 사고로
접어들 즈음
무력하고 무능함을

몸소 체험하면서

밝은 빛이 비쳐주어
죄책감도 사라지고
한낮의 햇살 따라
믿고 바라만 보는 시간만은

느끼지도 않고 보이지도 않게
움직이는 태양빛을
끝없이 바라보는
태양신일 뿐이네

새로운 미로(迷路)를 걸어갈 뿐

생명체의 존재는
언제나 방황할 수도 있네
길을 잃고 목적을 잃어버리면
무언가 당황하고
마음 또한 공허하지만

길을 걸어가도
타인에게 물어보아도
뚜렷이 가는 길을 찾지 못하면
다시 한 번 망설이고
주저하면서

긴 여정 속에
길을 찾아 헤매이게 되고
새로운 기억을 더듬어
마음을 다짐하면서
곧은 길로 찾아나서게 되네

새로운 신천지처럼
느껴지지만

그곳을 향해 떠나가는
삶의 행로는 잠시잠깐
찾아나서는
새로운 미로(迷路)를
걸어갈 뿐이라네

신(神)을 믿듯이

청자(青瓷)빛 항아리 속
속내음 알 수 없는
먼 하늘 속 깊이

뭉게구름 짙게
흐르는 계절의
모퉁이에 서서

그리움 짙게 깔린
마음 한 자락
보이지 않는 영상(映像)만이

신의 존재(存在)로
이리도 상상(想像)의
나래를 펴고

끝없이 내딛는
유년(幼年)의 찰나 속에
사각의 수려한 그림자처럼

떠날 수 없는 아쉬움 속에
하나의 애절한
믿음으로

숙명(宿命)처럼 신을 믿듯이
우상(偶像)으로
남아 있을 것입니다

더 즐겁고 보람된 만남을 그리며

이 세상 어디엔가
그리움이 남아있다면
지나간 일들을
다시 한 번 상상해 볼 것이네

스쳐가는 바람결
지나간 기억 속에
영영 잊을 수 없는
그리움이 발자취처럼
남아 있다면

이것을 소중히 간직했더라도
보이질 않고 사라졌을지라도
아름다운 영상으로
간직할 것이네

그러나 과거와 현실 미래는
똑같을 수가 없네
슬픔 아픔 괴로움 모두를
말끔히 보이지 않는 것은 잊고

더 나은 세상으로
영원히 잊고
오늘 이 순간을 아름답게
하루하루를 즐겁게 살아가네
더 즐겁고 보람된 먼 날을 그리며

지나가는 그림자

안개 자욱한 곳에
조그마한 그림자가
쉼 없이 어른거리는
잠시잠깐 보일락 말락
온몸을 녹여내는
흐르는 아쉬움 속에

이제는 홍건히 고여 있는
눈시울에 이슬처럼
짙은 흔적을 남기면서
마지막 지나가는 그림자는
시름없이 사라져만 가네

해 저문 노을에 흩어지는 가랑잎은

하늘 저 멀리
구름은 흘러
시간과 공간은
기다려 주질 않고
산천에 울긋불긋
흩어지는 가랑잎은
기다려도 기다려도
보이질 않는
망상(妄想)은
잊을래야 잊을 수 없는
순간도 미래도
가랑잎처럼
영상에 이슬져 내리는
해 저문 노을이
저물어만 가네

영혼의 뜻을 다짐하네

지난날의
조그마한 꿈과
미명(微明)의 날들을
가볍게 가슴에 담고
하루를 짧게 살아보자
아쉬움도 없이

지금 이 순간에
열심히 살아가리라는
별빛 같은 마음의 이상도
서로가 나눌 수 있는
조그마한 불씨처럼

거센 바람이 불고
아픔도 기쁨도 슬픔도
즐거움과 행복도
다 함께 나누며

행복하게 살아가리라는
마음의 다짐을

하늘과 땅이
지켜보는 가운데
하나의 망설임도 없이
서로가 맺고
영혼의 뜻을 다짐하네

님과의 속삭임

노을이 지고
아무도 모르는
자리에서
조그마한
꿈을 꾸었네

세상에 태어나
언제나 반기듯
그 무엇이든
감사히 받아들이는
마음을 가지고 있네

뜻이 있고
사랑이 있는
마음을 열고 가이없이
열심히 살아가리라
이것이 진정한
님과의 속삭임일 것이네

보람이란

멀리 있는 것이 아니고
아주 가까이 있는
추상적인 것도 더더욱 아니네

보람은
나만이 소유하는 것 또한 아니며
모두가 지니고 간직하고
살아가는 것이네

열심히 살아가는 이는
잠시 잠깐 기억에서
잊었을 뿐이네

열심히 살아가는 자는
언젠가 스스럼없이 머무는 순간
사막의 신기루처럼

보람이란 동녘에
환하게 다가오는 보름달처럼
빛나게 나타날 것이네

서로서로 맞이하는

세상에 모인 모든 사람들이 기뻐하고
정다운 이야기를 나누는 자리

일가친지 다 모여
기쁨의 순간을 나누며
서로 맞이하는 가운데
나는 홀로 흘렸다
남모르는 눈물을

하루를 사노라면
알 수 없는 마음들을
가슴에 담고

서로가 나누며
깊은 강을 건너고
가파른 언덕을 넘어야 하고
보이지 않는 끈을 잡아야 하네

어려운 시련도 겪고
힘든 언덕을 넘어야

실낙원 같은 초원으로
한 걸음 한 걸음
영혼의 뜻으로

미래의 행운을 둘만이 느끼는
아름다운 순간으로 이를 것이네

온유(溫柔)하며

따사로움이 마음에 깃들면
시기하지 말며
질투하지 말고
화내지 말고
성내지도 말고
다투지 말며
모두의 잘못을 흉내내지 말고
탓하지 마라

모두 다 범사에 해방(諧防)하지 마라
비단길처럼 부드러운
밝은 빛을 바라보며
조용히 깊은 마음은
보이지 않는 미소를 머금고
모두에게 다가가
믿음과 사랑과 행복과
온유를 모두에게
다정함을 나누어 주어라

가냘픈 꽃

아무도 찾는 이 없는
조용한 푸르른 산속에
소슬바람 흐느끼는
이른 새벽

가지마다 하나 둘씩
몽우리 위 이슬져 내리는
푸르름 나부끼는
나뭇잎 사이사이로
환한 꽃잎에
보랏빛 꿈을 안고

고요한 심산계곡에
뻐꾸기 소리만
기약 없는 시간을
불러보지만

이리도 한 잎 두 잎
실바람에 흩어져
붉은 꽃 잎새 사이로
떨어져 흐느껴만 가네
가냘픈 꽃

님은 바람과 함께

모래알처럼 수많은
숱한 날들이
뜬구름처럼
지나가 버리고

기다려도 기다려도
찾아오질 않는
우리 님은
따오기처럼

님은 멀고 먼 곳으로
까마득히 보이질 않고
기다려주질 않는
아지랑이 속으로
구름처럼 님은 바람과 함께
사라져 버렸네

멈춰 버린

잔잔한 호수에
돌을 던지듯
호수는 철렁이며
파란 물결이
흩어져 사라지네

숙연한 모습이
진지한 마음으로
앉자 있지만
언젠간 말을 할까
어려운 일들을

마음은 그곳에
떠나 버리고
스스럼없이
자취를 감추며
흐름도 잠시
머문 사이
모든 건 잠시
멈춰 버렸네

그리움이 사랑인가

노을이 지고
어둠이 내리면
별이 빛나는
밤이 되어도

차디찬 아침 이슬이
풀잎에 젖어
밝은 햇살이
온몸에 스민 날도

소슬 바람이 불고
비바람이 몰아쳐도
황량한 들판에
홀로 걸어가도

스치는 마음은 잠시도
머물 수 없는 긴 나날에
아픔이 스며도

마음에 저며 있으면
이것이 잊을 수 없는
그리움이 사랑인가 보네

천상의 손

천상의 꿈을
하나 둘 피력하는
이름 없는 그림자를 따라

이리도 어려운 장벽을 넘어
스스럼없이 다가오는
출렁이는 바닷가 파도처럼

별이 빛나고
아름다운 자욱이 남듯이
그대의 손 스치고 닿는 곳마다
이루어지는 미래는

어김없는 천상의 손일 수밖에
가이없이
우러러 바라만 보네

아쉬운 그림자 속

다시 한 번 뒤돌아보고
스쳐가는 바람소리에
귀를 기울이는 마음을

이제는 가버린
먼 하늘 위에
뜬구름처럼

산산이 흩어진
지난날의 상상만이
이리도 영혼이 쉬어가는
아쉬운 마음 속에

마지막 남은
지난날의 아름다운
추억들이 아쉬운 그림자 속에
머물러만 있네

별들의 추억 속에

밤하늘의 수많은
별빛처럼
반짝이는 모습으로

찾을 수 없는
눈부신 하늘 위에
보일 듯 말 듯 나타난
사라져 간 발자취에

조그마한 반짝임이
오늘을 마주한
아름다운 동행의 길잡이로
이리도 걸어갈 수 있는
빛을 받아

보이지 않는 낙원으로
마음은 한 걸음 한 걸음
살포시 다가가고 있네
별들의 추억 속에

멀고 먼 빈자리

빈 공간을 메울 수 있는
그 누구든지 할 수 있네
스스로의 마음에 의해서
무엇을 하든 할 수 있다네

상상으로 그림을 그릴 수도
조각을 할 수도 허공을 향해
노래도 부를 수 있네

하나의 길이 아니면
나의 길이든 너의 길이든
갈 수도 없고
상상조차 할 수도 없네
어려울 수 있고
가서도 절대 아니 되네

스스로 이루고 하는 건
끝없는 마음의 꿈과 희망과
노력으로 이룰 수 있네

마지막 빈 공간은
그 누구도 할 수 없네
오직 신(神)만이
허허벌판을
채울 수 있을 뿐이네
멀고 먼 빈자리

하나일 수밖에 없네

살아가노라면
언제나
느끼지 못하지만
나는 너 안에
나 자신이
알게 모르게
서로서로 멀고도
가장 가깝게 느끼면서
모든 걸 이루고
사라져 가는
내 마음 속에
너의 모든 것이
하나하나
그리면서 지나가는
우리 모두가 상상하면
하나일 수밖에 없네

배를 젓는 사공

잔잔하고 따뜻한
만물이 소생하는
양지 바른 곳
이곳을 단 둘이서
배를 젓는 사공과
같이 승선을 하고
먼 바다를
함께 가게 되었네

서로는 서로를
거센 물살과
세찬 바람을 뒤로하고
빛과 어둠을 가르며
쉬지 않고 저어가지만
알 수 없는 희미한 빛이

순수한 마음은
아무도 알아주지 않지만
우리가 기다리는
파라다이스의 문턱에
둘이는 와 닿을 수
있을 것 같네

여남은 여운

멀고 먼
고요한 하늘빛이
긴긴 흐름 속에
자욱이 모였다 사라지는
가깝고도 멀고 먼
하늘길 사이로
모두들 잠시
잊은 듯 지나가고
하루도 멀고도
짧은 흐름 속에
바라본 순간도 잊은 듯이
열심히 살아가노라면
기억조차 희미한
흐르는 계절도
저 멀리 높은 곳에
보일 듯이 보일 듯이 보이지 않는
서산에 황혼이 노을지는
여남은 여운만이 남아있네

제5부
아름다운 나들이

또 다른 꿈일 수밖에

아무런 느낌 없이
어쩌다 보게 된
수런수런한 모습들

이제 시작이다
아무것도 모르는 사이
조그마한 불씨처럼
활활 타오르는 모닥불처럼

뜨거운 사랑으로
나날을 보내자
티 없이 순수한 마음으로

하루하루를
징검다리 건너듯
개울물이 첨벙이는
돌 위를 행여나 넘어질세라

조심조심 한 발짝 두 발짝
다가오는 밝은 미래를 바라보며

이렇게 이렇게 조마조마하게
건너면서 오늘도 하루를 살아가자

만남을 이루고
헤어짐은 또 다른
꿈일 수밖에 없네

아름다운 나들이

새파란 잎새에
눈망울을 터트리고
세상은 넓고도 넓다

믿음과 이상을 더 높일 수 있는
밤하늘의 수많은 별처럼
반짝이는 끝없는 이상을
미지의 세계로 펼칠 수도 있다네

처음 느끼는 다정한 이야기를
서로 둘이서 나누고
더 맑은 미래의
아름다움을 찾아 나누고
하루해가 아쉽다고 느끼면서

잠시 쉬어갈 때도
선택의 여유로움과
상상의 꿈과
찬란히 빛나는 희망과
따사롭고 포근한 깊은 사랑으로

한 아름 가슴에 담고
금세기 단 한 번뿐인
아름다운 나들이가 되어서
영원한 영혼의 안식처로 돌아왔네

황금빛 노을 쓰고

푸르디 푸른
마음 같은 혼을
찌는 듯 더운 듯
한여름 밤
영글어만 가는 날을

우린 다 같이
지나가는 일손들을
지그시 느끼면서
그대 스치는 빛마다
황금빛 너울을
가슴에 담고

이젠 영글어
님의 마음에
불여귀처럼
살포시 앉아
노오란 마음으로
빛나는 한여름 밤을

너나없이
감미로운 느낌으로
차디찬 황금물결이
잠시 스쳐만 지나가네

마주보는 순간

멀고 먼 옛적에
하늘과 땅이 열리고
세월의 수레바퀴에
스며 있는 모습들

무어라 말을 할까
주저함이 없이
연어알을 쏟아내는 듯
흐르는 물결 같은 언어로

아무런 쉼 없이
쉼표를 털고 일어나
앞날의 출발을 알리는
지름길에 서서

하나둘 흐름을 엮으면서
조그마한 빛의 흐름으로
반짝여 환한 웃음으로
영원히 영원히 마련해 주는
마주보는 순간이었네

한여름 밤의 참외를 상상하며

– 다윈의 진화론 따라잡기

흘러 흘러
모두가 같을 수 없는
너나 나나
하나같이 한길을 가네

하나로 이루어
열을 헤아리고
열을 헤아려
하나로 가지만

어쩔 수 없는
세월의 흐름처럼
흘러 흘러
여기까지 왔네

스스로 느끼는
감성과 이성도
이젠 숨어버릴 수 없네

모든 걸 따라잡을려고
다윈의 진화론으로
따라잡기뿐이네

하나로 잉태한 마음
− 멘델의 유전법칙

서서히
지나가는
창살 없는
움직임 속에

고요히
갇혀서
하나의
아주 미세한
보이지 않는
알맹이처럼

영글고 영글어도
하나로 잉태한 마음
조그마한 알맹이라고

알맹이보다 더 적은
보이질 않는 인자가
내려오고 내려와
멘델의 유전법칙이라
이름지어졌네

아득한 먼 날

태곳적 이야기 속에
우린 엉글고
다시 이루어지는
님과 같이
함께 여행을 떠나
먼 먼 깊은 곳
우린 걸어갔었네
그 옛날 보이질 않는
그림자를 따라
멀고 먼 지난날
원시림 속에서
그 멀고 먼
아득한 먼 날을
그리워하고
아담과 이브가
환희의 얼굴로
우릴 바라보고 있네
아득한 먼 날

해 저문 허물어진 성곽

멀리 멀리
지그시
눈을 감고
바라보는 지난날

사라져간 혼을
그대 가슴에 담고
이리도 멀고 먼 지난날을
꿈엔들 잊으리오
바라보고 바라보아도
하염없이 앉아
먼 날을 바라보네

아직도 돌아오질 않는
아름다운 혼이
이제도 어제도
허물어져간 성곽 위
꿈속처럼 애처로이
해 저문 성곽에
앉아만 있네

아쉬움의 쉼표

구름이 떠도는
황량한 들판
때론 소슬바람이
너남없이
가냘프게
보이는 그림자에
너나할 것 없이
빛을 감싸며
지나가고
잠시도 쉼 없이
비쳐만 주네
언제나
모든 건
아쉬움의
쉼표로 남아만 있네
고요한 빛이

모든 건 믿음이네

주어진
자기의 위치를
그대 아름다운 미래를
한없이 깨끗하고
순수한 마음으로
알 수 없는 믿음은
그대 주변에
끊임없이 다가오네

그대 자신의 실체를
부정하듯 믿지 않고
멀고 먼 곳
아름다운 파라다이스를
찾는 마음도
소중하고 아름답지만

당장 주어진
자기 스스로를 믿고
헛된 낭떠러지로
떨어지지 않는 믿음이

아름답고 모든 건
행운이 그대 가슴에
소복이 담겨 있으리라

님이 있으면

모든 건
멀고먼
아지랑이 아른거리는
눈빛 속에
서성이는 그림자가
가냘프게 보일 듯이
보일 듯이 멀리서 보이네

이리도 가까이
조금씩 조금씩
함초로이 다가와도
마음과 영혼이
닿지 않으면
그려볼 수도 없는
영혼과 꿈이
그립고 그리운
사랑하는 님이 있으면
아름다운 미소로
영원히 바라볼 수 있네

가버린 지난날

먼 먼 가버린 지난날이
보일 듯 보이지 않는
아름다운 그리움이
나를 손짓하네
어쩔 수 없는
미래를 바라보며

지난날은
뒤돌아갈 수 없는
우린 바라볼 뿐
가이 없는 기로에
수많은 날을
서성이고
그리워할 뿐

그 누구도 찾을 수 없는
하나의 아름다운
멀고먼 저 멀리
가버린 지난날 그리움이
바람처럼 자욱하게
스쳐만 지나가고 있네

상처뿐인 영광

고요한
하루를
쉼 없이 지나가네

너도 우리도
다 함께
거닐며

저마다
아름다운 하루를
스스로
자신을 위해

아쉬운 마음을
뒤로하고
오늘도 내일도

희미한 가로등
불빛 사이로

상처뿐인 영광을
그대들 가슴에 담고
지나가고만 있네

가냘픈 손길

멀고 먼 곳
우린 되돌아보고
가버린 날을
되새겨보지만
아름다운 지난날을
그리워할 뿐
하나의 영상이
희미한 등불같이
아른거리는
우린 느끼네
모든 걸 어루만져
아름다움을
남겼으면 하는
가냘픈 손길로
닿는 곳마다
아름다운 미래가
자욱한 먼 날을
바라보고 있네

달이 비치는 마음

머뭇거리지 않는
물 흐르듯
높은 곳에서 낮은 곳으로
달은 한쪽 면만
자전과 공전의 주기가 같아
아무런 기약 없이
싫증나지 않는
달빛만 휘영청
인연 닿는 곳에
아련한 영혼(靈魂)을 비춰 주고
지나가는 세월을
무심타 그리워하면
영혼의 그리움을
사랑하는 마음을
영혼 속에 스미기만 하네

님의 마음

고요한 마음 속에
한도 끝도 없이
흘러만 가네
하늘에 뜬
해와 달과 별과 같이
아름다운 마음은
해가 지고
달이 비춰주고
별이 반짝이는
멀고 먼 마음의 숲속에
오늘도 서산에 노을이 저물면
달이 떠도 아무도 찾지 않는
그리운 마음을
한도 끝도 없이
멀고 먼 날을 바라보며
밝고 맑게 비춰만 주네

잃어버린 순간

모두들 눈뜨면
진지한 마음으로
시간을 거닐며
조용히 지나가네

벅찬 미래를
희미한 마음으로
더더욱 다독여가며
진지한 마음
모든 걸 이루려는
강한 마음의 뜻으로

하루도 눈 뜨면
쉼 없이 모든 걸
잘 할려는
깊은 욕망으로
꿈속을 더듬듯
지나가겠네
잃어버린 순간
생각이 나겠지요

단풍잎에 젖은 바이칼호수

끝없이 펼쳐진 푸른 초원
쏟아지는 별빛
여름밤을 반짝이는
바이칼호수
오색 빛깔로 물들면
몽골 초원에도
가을이 찾아오고 있네

몽골의 테를지공원에
9월말 10월초
아름다운 단풍이
바이칼호수에 비친
오색 영롱한 빛깔로 물드네

산이 높아
해발 1700m 고지에
굽이굽이 흐르는 강 물길 사이
시베리아 호수를 끼고
자작나무 숲길을 돌아가는
1601m의 바이칼호수는

세계에서 7번째로 넓은 담수호로
약 365개의 강에 물이 흘러
단풍잎에 젖은 바이칼호수는
그 신비스러움이
시베리아 진주로 불리고 있다네

돌담길

한적한 삼다도
고요히 돌담길을
소슬바람이
외로이 불어오는 바닷가
출렁이는 물살을
비바리들이
물을 가르며
후유하는 숨을 몰아쉬네
잠시도 쉴 수 없는
푸른 물길 속에
너남없이
보람된 내일을 위해
서로서로 마음을 나누고
정다운 나들이로
뭍에서 올라와
흐뭇한 마음을
등 뒤에 수북이 담고
보람찬 내일을
소슬바람 맞으며
돌담길을 돌아서
지나가고만 있네

고요히 잠든 무덤

모든 건 조용히
밝은 햇살이 내려쬐이는
소슬바람도 지나가고
묵묵히 바라보는

그 날 그 날
따뜻한 날들은
아무런 변화 없이
주위 수목은 잔잔한 바람에 흔들리고
풀벌레소리와 알 수 없는
묏새 무덤새 뻐꾸기도 울어여위고
이름 모를 산새도 스쳐갈 뿐

허공에 뜬 구름만 유유히 지나가고
그리운 님은 먼 곳을 가버리고
지난날은 애달픈 그림자만 남아있을 뿐
무덤은 말이 없고
고요히 잠든 무덤일 뿐이네

애석한 그리움

불러도 대답 없는
찾아도 찾아도
찾을 길 없는
그립고 그리워
초여름 깊은 산속에
뻐꾸기만 뻐꾹뻐꾹
애석한 그리움이
가슴마다 자욱하게
넘쳐 넘쳐 쌓여만 있네

그리워 그리워
돌아갈 수 없는
높고 높은 산속에
지난날의 아름다운 추억이
부르고 불러도
대답이 없는
떠나지 않는
메아리만 자욱하게
울려 퍼지고만 있네

가을하늘은

이른 봄 새싹이 움트는
계절의 흐름 속에
영영 잊을 수 없는
푸르른 높고 높은 가을하늘

한 톨 한 톨 영글어가는
찰나의 모퉁이에
서산에 노을빛이
낙엽은 바람에 흐느끼며

한 잎 두 잎 허공에 흩어져
먼먼 푸른 하늘길엔
기러기떼 기럭기럭
외로이 어디론가
날아가고 있네

소슬바람 흐느끼는
쓸쓸한 가을하늘이네

달동네란

비탈진 먼 산 바라보면
까마득하게 얼룩진 자욱이
하나 둘 새겨진 그림처럼
둥근달은 자욱한 틈새마다
기쁨과 슬픔이 교차한
스미고 스민 행운의 빛을 보내어
달이 빚어낸 마을엔
달이 비치니 비추어진 동네
마음의 보금자리
달동네라 불러주고 있네

그대 꿈속에 님을 바라보네

조용히
잠시 나를 바라보네
아무도 찾지 않는
아름다운 마음으로
환한 빛이
님의 얼굴에
스쳐 스쳐
그 누구도 느끼지 못하는
나는 보았네
그대 평온한 마음을
이젠 찾을 수 없는
잠시 순간도 영원으로
서로서로 나누어
미소의 빛이 사라지네
더더욱 멀고 멀게
까마득한 아련한 그림자가
애절한 눈시울 속
보이질 않는 저 높은 하늘
님을 바라보리라
그대 꿈속에

신(神)이 주신 선물

하나하나
이루어지는 일이
아름답게 지나가고
느끼며 가는 곳도
그립지 않게
무심히 지나가고
밝고 아름다운
가이 없는 마음도
신이 주신 선물이네

힘들고 외로워질 때
세월에 따라가고
나도 모르게
아름다운 낙원에
신을 기억하겠네

이 모든
영혼도 마음도
신이 주신 선물을
모두를 신께 돌려드리네

전찻길

이른 새벽
아무도 찾지 않는
하루의
길을 찾아

어김없이
지나가는
앞만 바라보고
졸 듯 졸 듯 졸리지 않는

주어진 거리를
스치고 스치는
길손들이
저마다의
앞날을
한 아름 안고
지나가고 있네

수많은 일들을
가누어 담고
다가와 내리는
전찻길이었네

빈자리

아무것도
보이질 않고
초조한 마음은
가눌 길 없는

길고 긴 긴
흐름결에
어디서
불어오는 바람인지

지나가는 곳마다
앞만 바라보고
고요한 기다림 속에

그대 차디찬
그림자만
빈자리를
아른거리네

님의 창가에 별이 빛나네

오늘도 내일도
하루하루 지나는 우린
더 넓고 더 많은
마음의 꿈을 담고
빛나는 앞날을
바라보며 살아간다네

그대 다함께
우린 하나의 삶을
서로서로 나누며
모자람이 없는 희망을
아름다운 마음으로
고이고이 간직하면서

님의 창가에
별이 빛나는
밤하늘의 별을
바라보고 있네
그대들과 함께

좁은 문

쉼없이
흘러드는
가이없이
일어나는
모든 건
급하게 보이지만
아득한 좁은 문으로
우린 다가가고 있네

하나하나
빠뜨리지 않고
모든 걸 짚어 보고
짚어 보면서
좁게만 보이는
좁은 문으로
이젠 조용히
이상향을 찾아
조심조심
들어가고만 있네

신호등 불빛

너남없이 붐비는
거리마다
바쁜 걸음으로
너나 할 것 없이
지나가지만
잠시도
마음은 먼 길을
가노라면
파아란 불빛을
마음에 담고
앞만 보고 외길을
지저귀는 새들도
풀숲에서
먹이 찾아 신호등 위를
멀리 멀리 날아가고
주름 잡는 교차로 건널목 위를
지나갈 땐
하염없이 신호등 불빛은
반짝이고만 있네

멀고 먼 약속

승리의 기쁨도
잠시 잠깐
뼈저리게 느끼는
아쉬운 기억들이
산산히 부서지는
망각의 뒤안길
언덕을 오르고
미끄러지면
다시 오르는
까마득한 안개와 같이
멀리 아른거리는
마음을 비울 수 없는
찾아드는 빛처럼
노을이 지면 사라지는
멀고 먼 약속들이네

모래알

산산히 흩어진 이름이여
불러도 불러도
다 같은 길로
스며드는 숙명(宿命)처럼
흩어져 흩어져
한 곳에 모여
조금도 변치 않는
망부석인 것처럼
끝없이 주어진 곳에서
하늘에 반짝이는
빛을 바라보며
주지도 건너지도 못하면서
영원히 님을 기다리는
모래알이네

영(靈)은 우릴 부르네

멀고 먼 아지랑이
보일 듯 말 듯 보일 듯이
멀리서 아른거리는
찾을래야 찾을 수 없고
바라보아도 보이질 않는
주위를 맴돌며
스치는 미세한 바람결에
멀고 먼 더더욱 가까이
그대들 마음에
다가가고 있네

믿고 믿어
진정 순수한 마음으로
우린 믿는다
믿음 속에
언제나 영(靈)은
가장 가까이 마음 속에
머물고만 있고
영(靈)은 우릴 부르네

사랑은

멀고 먼
아득한
하늘에 비치는
빛처럼 반짝이고

그 누구도
따뜻한 마음으로
한도 끝도 없이

포근함과
사랑스러움으로
오늘도 내일도
변하지 않게

사랑은
한도 끝도 없이
천상에서 아득하게
비쳐만 주고 있네

지상의 낙원이여
내생의 낙원이여

작품후기

고요한 하늘 끝자락
알게 모르게 움직이며
밝은 빛을 가려주는
짙은 구름 속
그 누구도
마음의 그늘을 지울 수 없고

어둠 속에서 우리의 마음은
영원히 사라져가고
부족하고 미숙하지만
한 편의 명시를 위해
마음의 그림을
올려 드리고

항상 변함없는 마음으로
아낌없이 잠자는 영혼을 일깨워주신
존경하는 스승님
문학박사 구암(龜岩) 홍윤기 교수님과
변함없이 따뜻한 마음으로 사랑을 아끼지 않는
금생의 아우님 제갈정웅 박사에게

그리고 영원한 혈육의 정을 가진 모두에게
사랑과 기쁨을 한 아름 보내드리고
꿈같은 지난날을 그리워하며
소중한 인연들께 진심으로
아름다운 영혼을 담아
이 글을 올립니다

감사합니다

2018. 1. 1.

시인 학암(鶴岩) 정 의 웅 드림

정의웅 제5시집

시인의 꿈

•

지은이 / 정의웅
발행인 / 김영란
발행처 / **한누리미디어**
디자인 / 지선숙

•

08303, 서울시 구로구 구로중앙로18길 40, 2층(구로동)
전화 / (02)379-4514, 379-4519
Fax / (02)379-4516
E-mail/hannury2003@hanmail.net

•

신고번호 / 제 25100-2016-000025호
신고연월일 / 2016. 4. 11
등록일 / 1993. 11. 4

•

초판발행일 / 2018년 1월 25일

•

ⓒ 2018 정의웅 Printed in KOREA

•

값 10,000원

•

※잘못된 책은 바꿔드립니다.
※저자와의 협약으로 인지는 생략합니다.

ISBN 978-89-7969-770-4 03810